DRA. ISABEL

¡TÚ SÍ PUEDES, GABRIELA!

¿Cómo puedo crecer fuerte y sana?

con Eric Vasallo

ilustrado por Priscilla García Burris

Una rama de HarperCollinsPublishers

El aroma de huevos fritos con chorizo me despierta en cuanto me siento a la mesa con mi hermano Andrés.

—Buenos días —dice mamá sonriendo—. ¿Tienen hambre?

—¡Sí! —contestamos Andrés y yo al mismo tiempo, riéndonos.

Llego a la escuela contenta, con la barriga tan llena como si me hubiera tragado una pelota de básquetbol. Me encuentro con mi amiga Sarah y juntas caminamos a la clase de gimnasia. Hoy vamos a correr una pequeña carrera.

La maestra da la señal para comenzar la carrera y poco después veo que Sarah se va alejando de mí cada vez más rápido. Trato de alcanzarla pero siento que mi corazón late tan fuerte que parece que va a explotar como un volcán. No tengo más remedio que correr más despacio.

Cuando al fin llego a la meta, mis compañeros se burlan de mí y me dicen "tortuga" por ser la última en llegar. Sarah me dice que no me sienta mal por eso.

Pero al llegar a casa estoy triste. Mi mamá me da un vaso de soda.

—¡Pasó algo en la escuela? —me pregunta papá.

—Hoy tuvimos una carrera en la clase de gimnasia y casi no pude terminarla. ¡Sentí que no podía respirar! —les cuento a papá y mamá.

—¡Ah! Eso es un problema de "gasolina" —dice papá mientras señala el vaso de soda del que estoy tomando.

—¿Cómo? —preguntamos mi mamá y yo a la vez.

—El cuerpo es como un carro, cuanto mejor es la gasolina
que le pones, mejor corre —dice papá sonriendo mientras se
da palmaditas en el estómago.

—Y con todos esos helados, tortas y papitas fritas que comes, tu carro debe andar muy lento —dice Andrés riendo.

—¡Y quién te ganaba siempre cuando
corríamos hasta el lago? —le pregunto.
—Eso era antes —contesta Andrés con
una sonrisa de oreja a oreja.

—No peleen niños —dice papá. Mira a mamá con ojos tristes y agrega—: Realmente es culpa nuestra.

Nosotros trabajamos tanto para salir adelante que no nos hemos fijado en lo que comen ustedes.

—Pero eso va a cambiar a partir de mañana —dice mamá—. Desayunarán mis famosos y deliciosos batidos de frutas con cereales.

—Ya que vamos a tener mejor "gasolina", podríamos empezar a correr juntos —dice Andrés. Y guiñando un ojo agrega—: A ver si puedes volver a ganarme.

Ahora todo ha cambiado en mi casa; en vez de dulces y helados, comemos ensaladas de frutas.

Desayunamos deliciosos yogures con cereales
y nueces, y el resto de nuestras comidas incluyen
una ensalada. ¡Me encanta lo que comemos ahora!

También caminamos todos juntos después de la cena.
Mientras caminamos, charlamos sobre nuestro día.

Y me estoy dando cuenta de que cada vez que voy a correr con Andrés puedo respirar mejor y correr un poco más rápido. ¡Creo que voy a ser mucho más rápida la próxima vez que me toque correr en la clase de gimnasia!

Cuando le dije a mi papá que hoy es el día que me toca correr en la clase, él me llevó a arrancar una papaya del árbol del jardín y me hizo un delicioso batido con ella. Me dijo que le puso vitaminas para darme un poco más de energía.

No me acuerdo qué pasó después de que la maestra dio la señal
para comenzar la carrera. Sin darme cuenta, fui la primera en llegar
a la meta. ¡No lo puedo creer!

—¡Yo sabía que tú podías hacerlo! —dice Sarah cuando llega a mi lado.
Yo estoy feliz. ¡Qué bueno es poder correr rápidamente de nuevo!

Creo que nunca olvidaré este día.

—Ahora que estoy llena de buena "gasolina", pienso que
me voy a anotar para jugar al fútbol con el equipo de la
escuela el año que viene —le digo a Andrés—. ¡Qué piensas?
—¡Seguro! —contesta él—. ¡Sigues siendo la más rápida!

¿Qué factores contribuyen a la obesidad o al sobrepeso?

-Puede haber una predisposición genética; si la madre o el padre tienen sobrepeso, puede que los niños tengan tendencia al sobrepeso también.

-La falta de información sobre la nutrición por parte de los padres.

-Los promoción excesiva de los alimentos chatarra por los medios de comunicación.

-El tiempo que los niños pasan sin hacer esfuerzo físico, ya sea enfrente del televisor, la computadora o los juegos electrónicos.

-La reducción o pérdida de la dieta típica latina de granos, frijoles, fruta, pescado fresco y verduras, reemplazada por la comida rápida y la comida congelada.

-El factor cultural latino que predica que el niño de menos de 5 años que esté gordito es un niño saludable, algo que se le escucha decir a miembros de la familia, pero no al pediatra experto.

¿Qué consecuencias puede tener el sobrepeso?

El sobrepeso puede resultar en enfermedades serias como la hipertensión, la diabetes, problemas cardiovasculares, colesterol alto, artrosis, apnea del sueño y hasta ciertos tipos de cáncer. De acuerdo con el Centro del Control de las Enfermedades de Estados Unidos, 6 de cada 10 niños latinos obesos sufren de diabetes del tipo 2. El sobrepeso también afecta al niño emocionalmente, provocándole inseguridad y afectándole la autoestima. Los niños obesos también son acosados en la escuela y reciben discriminación social de todo tipo. Estos niños tienden a sufrir de fatiga, la cual entre otras cosas, contribuye al desarrollo de una posible depresión.

¿Cómo se puede evitar la obesidad infantil?

-Dé un buen ejemplo. Recuerde que más vale lo hecho, que lo dicho.

-No premie a sus niños por un trabajo bien hecho ni compense su ausencia de la casa con dulces o cantidades excesivas de comida.

-Compre fruta y verdura de todo tipo y póngala preparada en un sitio que le otorgue libre acceso a sus niños para que estos opten por este tipo de alimento en vez de la comida chatarra.

-Enseñe a sus niños a tomar agua o jugo de frutas naturales en vez de refrescos.

-No permita que ellos coman sentados frente al televisor. Coman juntos en la mesa.

-Motívelos a que todos los días hagan una actividad física, ya sea con sus amigos, o con usted. Por ejemplo, pueden salir a caminar juntos una vez al día.

-Enséñele a sus niños a leer las etiquetas de las comidas para así ayudarlos a determinar por sí mismos cuáles son las porciones correctas sin prohibirles acceso a la comida.

Como padre o madre, usted tiene la capacidad de impactar la vida de sus hijos. Lo más importante es hacerlo de una manera positiva. Explíqueles a sus hijos que el estar activo y el consumir alimentos saludables les dará más energía y les ayudará a sentirse mejor con ellos mismos. Ponga énfasis en lo divertido que es hacer deportes y participar en otras actividades físicas con los amigos.

Saque libros de su biblioteca pública que traten sobre la alimentación y los beneficios que trae hacer ejercicio para estar mejor informado/a y así pasar esta información a sus hijos.

Por medio del ejemplo, enséñele a sus hijos a evitar el abuso del alcohol y a no fumar o consumir drogas.

Anime a sus hijos a que le ayuden en el patio o jardín, o con otras tareas físicas de la casa, como barrer o pasar la aspiradora.

Aproveche la lectura de esta historia para crear un pequeño huerto donde pueda cosechar alimentos nutritivos como zanahorias, tomates y lechuga, y para inspirar a sus niños a que colaboren en él.

Limite el tiempo que sus niños pasan frente a la televisión, el Internet y los juegos electrónicos a sólo ciertos días de la semana. Esto los forzará a buscar otras actividades para entretenerse y a participar en juegos físicos con sus amigos.

Anime a su escuela a que ofrezca una variedad de actividades físicas para complementar sus esfuerzos en el hogar.

Visite su centro comunitario y solicite información sobre las actividades o deportes en los cuales sus hijos puedan participar. Dentro de lo posible, participe en deportes con ellos.

Para más información:

Sobre la diabetes:
www.diabetes.org/espanol

Sobre la nutrición:
www.mypyramid.gov/sp-index.html

Sobre el ejercicio y formas de mantenerse activo:
www.americaonthemove.org/espanol

O visita el siguiente sitio web:
www.doctoraisabel.net

A Marco, Gabriela, Enzo, Diego, Alessandra y Nico.
Con todo nuestro cariño, y con la esperanza de
que se conviertan en adultos sanos y fuertes.

Rayo es una rama de HarperCollins Publishers.

¡Tú sí puedes, Gabriela!
Texto: © 2008 por Dra. Isabel Gomez-Bassois y Eric Vasallo
Ilustraciones © 2008 por Priscilla García Burris

Elaborado en China.

Library of Congress ha catalogado esta edición.
ISBN 978-0-06-114104-1

Diseño del libro por Rachel Zegar
1 2 3 4 5 6 7 8 9 10
❖
Primera edición